LE

BAL DE CHARITÉ

POÈME

DÉDIÉ AUX MEMBRES DE LA

COMMISSION DU BAL

PAR

J.-B. DIEULEVEUT

EMPLOYÉ DE LA MAIRIE

LE

BAL DE CHARITÉ

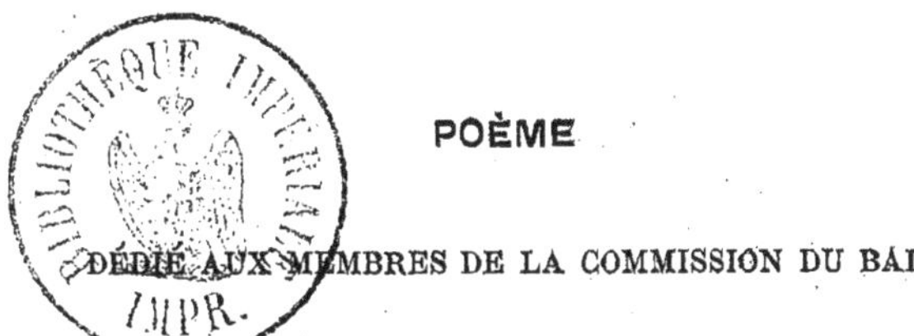

POÈME

DÉDIÉ AUX MEMBRES DE LA COMMISSION DU BAL

PAR

J.-E. DIEULEVEUT

EMPLOYÉ DE LA MAIRIE

VERSAILLES

IMPRIMERIE CERF, 59, RUE DU PLESSIS

1868

J'ai pensé que la dédicace de cet humble poème ne pouvait être plus convenablement offerte qu'aux honorables membres d'une Commission qui, chaque année à la même époque, songent à faire du plaisir une œuvre de charité et de soulagement au malheur.

Qu'ils veuillent donc bien l'accepter de ma part, comme un hommage personnellement sympathique, et au nom des infortunés dont ils se font si chrétiennement les infatigables protecteurs, comme une expression de leur vive et sincère gratitude.

LE BAL DE CHARITÉ

I

L'étoile au firmament brille de toutes parts ;
La cité Versaillaise et son palais des arts,
Exemptés tous les deux du plus petit nuage,
Offrent à mon esprit leur somptueuse image.
Partout l'arbre gémit, se fendille ou se tord,
Sous les âpres baisers d'un vent glacé du nord
Dont les coups répétés ébranlant ma demeure,
Me font à tout instant croire à ma dernière heure.
Mais d'où provient, grand Dieu ! l'intérêt si pressant
Qui fait, malgré le froid et le pavé glissant,
Rouler avec fracas vers la Maison-Commune,
Tant de chars élégants dont le bruit m'importune?
Reçoit-on quelque prince issu du meilleur sang?
Quelque noble étranger occupant un haut rang?

A-t-on sur l'ennemi gagné quelques batailles,
Ou va-t-on célébrer de nobles épousailles?...

....

Voyez, dans les salons rendus étincelants,
Que d'habits bien coupés, d'uniformes brillants;
Le satin au velours se joint et se mélange
Comme les cheveux blonds au frais visage d'ange.
Partout, les diamants projettent à mes yeux
L'éclat éblouissant de leurs jets radieux :
Les bras en sont couverts, les épaules de même,
Et la fleur avec art se joint au diadème.
Des groupes de causeurs diversement semés,
Impatients, fiévreux, les regards animés,
Contemplent hardiment le fol essaim de femmes,
Gracieux bataillon de beaux yeux pleins de flammes.
On chuchote, on se parle, on rit à demi-voix,
Et chacun semble heureux d'avoir fixé son choix.

Écoutez, écoutez! L'archet savant prélude,
Et rend avec entrain une suave étude.
Alors, chacun se place et le serpent humain
Ondule sur lui-même et s'enroule soudain.
Nobles et commerçants ensemble tourbillonnent;
Le frou-frou du satin, les cuivres qui résonnent,
Les parfums enivrants extraits de mille fleurs,
En pénétrant les sens amollissent les cœurs,
Et, chose bien facile à prédire d'avance,

En confondant les rangs, rapprochent la distance.
La satisfaction règne chez l'invité
Non moins que sur les fronts de notre Edilité.

Mais voici que le vent qui double de tapage,
En portant jusqu'à moi ses hurlements de rage,
M'avertit que s'il est des êtres fortunés,
Par la peine il en est qui sont importunés.
Adieu, rêve charmant, gracieuses pensées
Par le temps, à mon gré, trop vite dépensées !
Adieu, riante image où mon esprit rêveur
Se plaisait à ne voir que plaisir et bonheur !
Je m'éloigne à regret d'un sujet plein de charmes,
Pour aller où je vois l'amertume et les larmes.
Et vous, musiciens, pendant que mes pinceaux
S'en vont tracer ici de lugubres tableaux,
De vos tubes puissants, sonnez, sonnez sans trêve !
Les cris des malheureux que la misère achève,
En pénétrant au sein des fastueux salons,
Mêlés aux sifflements des fougueux aquilons,
Pourraient en modérant l'ardeur de la jeunesse,
Changer ses ris en pleurs, et sa joie en tristesse.
Ah ! croyez-moi, sonnez, sonnez fort et toujours,
Afin que dans ces lieux le plaisir ait son cours !...

....

II

On se bat au dehors, on supplie, on blasphème,
On implore un appui dans un appel suprême;
Mais, voler à cette heure au mépris de ses jours,
Affronter le péril pour prêter du secours,
N'est-ce pas se montrer peu soigneux de soi-même?
Oui, mais se tenir coi, c'est mériter l'emblème
Que tout homme de bien à qui cher est l'honneur,
Ne saurait supporter sans mourir de douleur.
Non, non, mieux vaut cent fois sentir dans sa poitrine,
Pénétrer le poignard qu'un bandit lui destine,
Que d'être aux yeux de tous un mortel inhumain
Qui s'aime trop, hélas! pour aimer son prochain...

Arrête, malheureux ! Ecoute ma prière,
N'arrose pas le sol avec le sang d'un frère !
Arrête, entends ma voix, et ne me force pas
Pour sauver ta victime à t'offrir le trépas !
Veux-tu, qu'ouvrant l'azur de la céleste zone,
Un Dieu qu'on ne voit pas, mais voit tout de son trône,

Lance jusque sur toi son tonnerre éclatant?
Veux-tu, qu'à ton chevet, le fantôme sanglant,
De celui dont ta main aura creusé la bière,
S'en vienne chaque nuit effrayer ta paupière?
Allons, jette bien loin l'arme des assassins,
Et reviens, si tu peux, à de meilleurs desseins.
Qui sait? Peut-être es-tu de ceux que la misère,
Dans un fatal instant d'impatience amère,
Vers le mauvais sentier, pousse fiévreusement?
Peut-être de la faim, souffres-tu le tourment?
Ah! s'il en est ainsi, sans que je m'en prévale,
Permets, que de mon or, je t'offre part égale:
Mais ne te flatte pas d'égarer ma raison,
Tout propos mensonger serait hors de saison.
Cependant je voudrais te savoir moins coupable,
Pour pouvoir te prêter une main secourable.

— « Merci, cent fois merci, cœur vraiment généreux,
Qui loin de m'accabler de reproches fiévreux,
Savez, par les bons mots de charité chrétienne
Que vous dicte votre âme, arriver à la mienne!
Merci toujours, ô vous! qui paraissez savoir,
Que l'on peut être au mal, conduit sans le vouloir!
Et tel est bien mon cas, je l'affirme sans crainte.
Oh! croyez-moi, monsieur, lorsqu'on entend la plainte
De débiles enfants vous demandant du pain,
Avec des pleurs de sang qu'on veut calmer en vain;

Quand on aime sa femme et qu'on la voit se tordre
Sur un hideux grabat, dans un complet désordre ;
Qu'on l'entend murmurer, en suppliant les cieux
De finir ses tourments, ces mots impérieux :
Ami, j'ai faim, bien faim ! Lorsqu'on l'entend, dis-je,
On se sent à son tour saisir par le vertige,
Un délire infernal vient s'emparer de soi,
Et de l'honneur, alors, on méconnaît la loi.

« Mais, me répondrez-vous, quand on est plein de force,
On doit, d'avec l'honneur, éviter le divorce :
On lutte ou bien l'on meurt. Hélas ! mourir n'est rien,
Et même, en certain cas, pour soi c'est un grand bien ;
Mais dans tel autre, aussi, le suicide est un crime,
Que le monde réprouve et que le ciel réprime.
Ah ! si vous connaissiez tout ce que j'ai souffert ?
Si j'osais vous conter ma peine à cœur ouvert,
Vous verriez que celui, qui sans votre assistance,
Allait fatalement trancher une existence,
N'employait ce moyen qu'après des flots de pleurs,
Qu'après avoir vidé la coupe des douleurs.
Je n'ai jamais menti ; cependant, si le doute
Germe dans votre esprit, venez, prenons la route
De mon triste réduit, et, quand votre regard
Aura vu tous les miens se traînant l'œil hagard,
Alors, si vous trouvez qu'une telle misère
Ne puisse armer le bras d'un époux et d'un père,

Eh bien ! conduisez-moi devant les tribunaux !
Un supplice de plus, qu'est-ce, après tant de maux ? »

Sans le cruel aveu, qu'ici, je viens d'entendre,
D'en agir autrement, pouvais-je me défendre ?
J'eusse fait mon devoir, j'eusse appelé sur toi,
Toute l'austérité dont dispose la loi.
Mais devant tes regrets non moins que ta souffrance,
J'abandonne à jamais tout projet de vengeance.
Et vous, noble inconnu qui devez à mon bras
D'être enfin délivré d'un mortel embarras,
Laissez, laissez s'ouvrir votre âme à la clémence;
On ne poursuit pas l'homme atteint par la démence.

III

. . . .

Quel horrible tableau! quels cris, quel désespoir,
Je viens tout à la fois et d'entendre et de voir!
Comme elle doit souffrir, cette mère éplorée
Par la fièvre et le froid toute décolorée?
Et ces pauvres enfants bien moins vivants que morts,
Comme ils ont accueilli par de fervents transports,
La main qui leur rendait la raison et la vie,
En apaisant leur faim longtemps inassouvie.
Oh! si je n'eusse vu le complet dénûment
De ce triste logis hanté par le tourment,
Jamais, je n'eusse pu supposer que le monde
Recélât dans son sein pauvreté si profonde.

Va, pauvre infortuné, si ton crime ici-bas,
Est de ceux que Thémis punit et n'absout pas,

C'est que le plus souvent, l'homme armé de son glaive
Ne s'est vu malheureux que dans un mauvais rêve....

Mais on frappe chez moi. Qui donc, peut à minuit,
Venir me déranger et faire aussi grand bruit?

— « Ouvre, c'est un ami qui voyant ta lumière
Briller à pareille heure et contre l'ordinaire,
Veut savoir le motif d'un semblable incident...
Serais-tu sous le coup d'un pénible accident?
En effet, sur ton front j'aperçois un nuage :
Ton esprit est plus noir qu'un ciel chargé d'orage.
Allons, si l'amitié sur ton cœur a des droits,
Si la sombre Atropos, de ses perfides doigts,
N'a pas tranché les jours d'âmes qui te soient chères,
Que tes peines, alors, ne soient donc qu'éphémères !
Entends, entends au loin, ces sons mélodieux
Que portent jusqu'à nous les autans furieux,
Ils partent de salons où domine la joie,
Où chacun au plaisir donne son âme en proie.
Courons au milieu d'eux, et, crois-le, comme moi,
Bientôt, tu trouveras un terme à ton émoi. »

Comment pourrais-je aller joyeusement m'ébattre,

Quand tout à l'heure, hélas ! je voyais se débattre
Sous les coups du malheur de pauvres indigents ?
Je serais mal à l'aise au sein de tant de gens,
Pour lesquels chaque jour qui naît ou qui s'efface,
A de nouveaux plaisirs, une nouvelle grâce !
Non, non, je n'ai pas droit de troubler leur gaîté,
En portant dans leurs rangs mon visage attristé.
Ami, laisse-moi seul ! L'objet de ma souffrance
Est de ceux à qui plaît le plus complet silence :
Et d'ailleurs, on déteste et les ris et les jeux,
Lorsqu'on sait qu'il existe autant de malheureux.

— « Je partage ta peine et sans les bien connaître,
Respecte les motifs qui chez toi l'ont fait naître ;
Mais sache que souvent sous l'aspect le plus vain
Le plaisir cache un but profitable au prochain.
Toi, dont ce joyeux bal redouble l'amertume,
Ne te souviens-tu plus de la noble coutume,
Qui réunit chaque an, dans la même maison,
L'élite du commerce à celle du blason ?
Souris, comme autrefois, à cette heureuse fête,
Et bénissons tous deux les bienfaits qu'elle apprête.......
....

O sainte Charité, noble fille du Ciel,

Qui transformes les pleurs en des fleuves de miel,
Toi, qui tiens du Très-Haut l'ineffable puissance,
D'unir tous les partis au nom de Bienfaisance,
Vers le trône azuré de ton divin séjour,
Laisse, des malheureux, monter les cris d'amour !

VERSAILLES. — IMPRIMERIE CERF, 59, RUE DU PLESSIS

www.ingramcontent.com/pod-product-compliance
Ingram Content Group UK Ltd.
Pitfield, Milton Keynes, MK11 3LW, UK
UKHW021017220726
13924UKWH00001B/38

9 782019 927592